AF296497

5704.
9-3.

Coquelin de Champigny

Yf 6918

MONSIEUR CASSANDRE,

OU

LES EFFETS DE L'AMOUR

ET DU VERD-DE-GRIS,

DRAME

EN DEUX ACTES ET EN VERS,

Dédié à Madame la Marquise de ***,

PAR M. DOUCET, de plusieurs Académies.

A AMSTERDAM,

Et se trouve A PARIS,

Chez P. FR. GUEFFIER, Libraire-Imprimeur, au
bas de la rue de la Harpe.

M. DCC. LXXV.

ÉPITRE

DÉDICATOIRE

A MADAME

La Marquise de * * *.

MADAME,

Pénétré d'admiration pour la chaleur avec laquelle vous donnez dans le sombre, & de reconnoissance pour la protection éclatante que vous avez bien voulu accorder à cet Ouvrage, je ne puis choisir de plus heureux aufpices que les vôtres pour faire paroître M. Caffandre. Je n'oublierai jamais que vous étiez une des perfonnes fenfibles, qui fe font fi généreufement évanouies à la lecture que j'en fis, il y a deux mois, chez Madame la Comteffe de ✶ ✶ ✶ *, & que depuis, vous avez daigné me défendre contre la foule d'ennemis qui fe font élevés au bruit de mes fuccès. Vous m'avez raffuré contre les clameurs de mes rivaux ; & malgré toutes les chofes qu'ils débiterent de défavorables à mon Drame, fitôt que je vous vis* laver *mes Tableaux des larmes du fentiment* ✶, *de ces larmes qui font l'éloge, & de qui les répand, & de qui les arrache, je m'écriai dans l'enthoufiafme que donne un fuffrage tel que le vôtre ; que peuvent faire mes Ennemis ? J'ai pour moi Clorinde, (car vous m'avez permis de vous appeller de ce nom dans les petits Vers* (1) *que*

✶ Préface de Tarfis & Zélie , par M. le Tourneur,

---

(1) On les trouve répandus dans l'Almanach des Mufes, les Etrennes du Parnaffe, & dans le Mercure, avec le nom & l'adreffe de l'Auteur, comme c'eft l'ufage.

j'ai eu l'honneur de vous préfenter en différentes occafions.) Continuez, Madame, de me protéger contre les atteintes de l'envie. Vos premiers applaudiffemens vous en font un devoir. Si votre protection m'eft un avantage bien grand, d'un autre côté, elle vous offrira nombre d'occafions de faire briller cette fagacité d'efprit, cette jufteffe de difcernement, cette fineffe de goût, ces nuances délicates de fentiment qui font le partage des âmes auffi bien nées que la vôtre. Mais infenfiblement j'allois m'engager dans votre éloge, & parler de vos graces fi naturelles & fi touchantes, & de cette taille fi fvelte & fi élégante, & de ces traits fi nobles & fi enchanteurs, où fe peignent avec tant de force la beauté de votre caractere, & la délicateffe de vos fentimens. Clorinde exigeroit que je le fiffe, mais Madame la Marquife me le défend, étant une de ces perfonnes dont l'amour-propre bondit au moindre mot d'éloge (1). Je me borne donc à

______

(1) Préface de M. Dorat.

vous affurer du refpect profond, & de l'admiration fincére & bien fentie, avec lefquels j'ai l'honneur d'être,

MADAME;

Votre très-humble & très-
obéiffant ferviteur,
DOUCET.

P R É F A C E.

CETTE Piece n'eſt point imitée de l'Anglois : mais, ſi elle n'a pas cet avantage, elle a du moins celui de m'avoir été indiquée par un Anglois (1), amateur du Drame, & qui avoit ſur ce genre des idées profondes. Tout ce qu'il a fait, dans ſa vie, s'en reſſentoit ; il a même fini par ſe caſſer la tête l'été dernier : ſans cela il eût été loin. Je regrette fort cet Homme honnête. Mais, puiſqu'il avoit à mourir cette année, je ſuis charmé que ce ſoit de la maniere qu'il a choiſie. Cela m'a fourni un ſujet fort intéreſſant que j'exécute en Drame, & qui ſera fini dans deux mois.

Où l'Auteur a pris le ſujet de M. Caſſandre.

Puiſque j'avoué que je n'ai pas le mérite d'avoir trouvé moi-même le ſujet de M. *Caſſandre*, il doit m'être permis de dire tout le bien que j'en penſe. Je n'avancerai rien de trop, quand je dirai que ni chez les Grecs, ni chez les Anglois, on ne trouve rien qui approche du pathétique, du ſombre, du terrible, du profond, de

Ce ſujet plus beau qu'aucun de ceux des Grecs, & même des Anglois.

____

(1) M. James Darknigt.

l'effrayant, du tendre, & de l'épouvanta-
ble, qui se trouve rassemblés dans ce
Roman.

C'est un Pere de famille brûlé d'une
flamme adultère, déchiré par les transf-
ports de la jalousie la plus affreuse, qui,
désespéré de voir ses vœux rejettés, con-
çoit & exécute l'horrible projet d'empoisonner son Rival qu'il ne connoît pas, (&
quel est ce Rival ? Son Fils, son propre
Fils,) & qui finit par s'empoisonner lui-
même pour se soustraire à l'infâmie d'un
supplice public.

Malheur à l'homme insensible qui ne
sera pas saisi d'horreur à la simple exposi-
tion que je viens de faire. Qu'il ferme-là le
Livre, sans perdre son tems à lire cette
Tragédie, il la parcourroit les yeux secs.
Qu'il s'amuse à ces colifichets que débi-
tent nos Auteurs modernes. Son âme
étroite & maigre (1) n'est pas faite pour
sentir les impressions profondes que laissent,
& nos propres passions, & le récit de celles
des autres. Sa vue n'est pas faite pour les
traits mâles & vigoureux, pour les Tableaux terribles & sombres de la vie hu-

---

(1) Une ame maigre est l'opposé de celles qui ont *cet
embonpoint du sentiment*, dont parle M. d'Arnaud.

maine. Loin de lui, loin de ſes foibles yeux les Peintures de Rembrant & de le Brun. Ils ne ſauroient rien diſtinguer dans les horreurs d'une nuit profonde. Ils ſe ferment à moitié devant les feux ardens des paſſions, & ne ſont pas capables de les fixer.

Ces grands motifs ne ſont pas de moi, ainſi que je l'ai dit. Voyons maintenant quel parti j'en ai ſu tirer ; & examinons mon Ouvrage.

Mon ſujet m'avoit d'abord fourni cinq Actes. J'en fis lecture devant une aſſemblée nombreuſe, compoſée de Gens très-illuſtres, & par leur rang & par la protection qu'ils accordent aux Lettres, ſurtout par leur goût pour *le genre ſombre*. *La Piece eſt d'abord traitée en cinq Actes.*

Dès le troiſieme Acte, deux Femmes de la premiere diſtinction ſe trouverent mal. Je fûs obligé de ſuſpendre ma lecture. Quand elles furent revenues à elles, on eut beau les ſolliciter de ſe retirer dans l'appartement de la Maîtreſſe de la maiſon, elles voulurent abſolument entendre le reſte. Mais, quand j'eus fini mon cinquieme & dernier Acte, on les trouva, ainſi que ſix autres perſonnes, évanouies depuis un quart-d'heure, ſans qu'on s'en fût apperçu. *Ce qui arriva à la premiere lecture.*

Cela me détermina à diminuer mes traits, à adoucir mes pinceaux. Je la réduiſis en- *La Piece eſt réduite en trois Ac-*

res , & en-
suite en deux.

suite en trois Actes, & puis enfin en deux, telle que je la présente au Public. Je conviens que cette réduction lui fait perdre beaucoup de son prix à mes yeux ; mais d'un autre côté, elle est plus à la portée de tout le Monde, & on peut la lire impunément.

De la mar-
che de la
Piece.

Personne ne peut nier que la marche n'en soit rapide. Dès la premiere Scène, on sait que Cassandre est furieux d'amour & de jalousie, & que l'objet de ces deux passions terribles est Jacqueline, & que son Fils vient d'être marié le matin à cette même Jacqueline. Je n'ai pas manqué d'y insérer un songe , & j'observerai toujours cet usage, parce que cela sert beaucoup à annoncer ce qui arrivera, & ce songe fait dresser les cheveux. Ensuite Cassandre projette d'empoisonner son Rival dans une taupette de Ratafiat qu'il a vue dans la chambre de Jacqueline. Il y va mettre en effet du verd-de-gris. Son Fils va boire de ce Ratafiat fatal , & Jacqueline vient annoncer à M. à Madame Cassandre qu'il vient de mourir subitement. Tout cela dans un seul Acte. De-là je transporte ma Scène au Grand Châtelet. Le Héros de ma Piece, plus sensible à la honte qu'à la mort, ne peut soutenir l'idée d'être rompu vif en Place de Grêve, se fait apporter du vin , y met le reste du verd-de-gris dont il s'étoit servi pour se défaire de son Rival, puis il en boit un grand verre. Le Geolier en boit aussi, ignorant ce qu'avoit fait cet homme devenu barbare, & dans l'instant que son Fils, oubliant l'attentat de son Pere, accourt avec sa Mere, pour lui annoncer qu'il est sûr de le tirer du mauvais pas où il est, en disant que c'est lui-même qui, par mégarde, s'est empoisonné, & qu'il lui demande pour récompense, de ratifier son mariage, le Pere leur dit qu'il est trop tard, & qu'il a pris du verd-de-gris. Le Fils qui a bû aussi de ce vin, sans que son Pere le vit, tombe mourant sur le Geolier : le Geolier sur M. Cassandre : M. Cassandre sur sa femme, & personne ne survit.

On remarquera que Léandre boit deux grands verres de ce vin empoisonné, tandis que son Pere & le Geolier n'en ont pris que chacun un, & c'est ce qui fait qu'il meurt en même-tems qu'eux, la dose étant plus forte.

Précaution que l'Auteur a prise pour faire mourir tout le monde ensemble.

Quelques personnes de ces gens qui pointillent sur tout, de *ces sots Enfans* qui ne lisent un Ouvrage que pour y chercher des défauts, & qui sont enchantés, quand ils croyent en avoir trouvé, me demanderont, peut-être, pourquoi on ne voit pas tout de

Réponse à une objection qu'on ne m'a pas faite, mais que l'on me fera.

suite ce qui s'eſt paſſé entre le premier &
le ſecond Acte, & comment M. Caſſandre
ſe trouve tout d'un coup au Grand Châtelet. Oh ! cela tient préciſément à l'Art.
L'action intermédiaire ſe développe petit
à petit dans mon ſecond Acte. On apprend,
à meſure qu'on avance, que Jacqueline,
dans le premier moment du déſeſpoir, a
accuſé Caſſandre d'avoir empoiſonné ſon
Fils, parce qu'il étoit amoureux d'elle,
que là-deſſus Caſſandre avoit été enlevé
par le Commiſſaire, & qu'enfin Léandre
n'en eſt pas mort, & qu'il en a été quitte
pour une colique affreuſe. Je ne ſais ce que
l'on penſera de la maniere dont je fais mourir Madame Caſſandre. Elle meurt étouffée ;
genre de mort qui m'appartient, & dont
je n'ai vu d'exemple nulle part. Juſqu'à
préſent on ne connoiſſoit que le fer & le
poiſon. Si ce nouveau genre de mort a le
bonheur de réuſſir, j'en ai quinze autres
tout-à-fait inconnus, & que j'emploierai
dans mes autres Drames : je penſe qu'ils
y feront quelqu'effet.

Du ſtyle & de la verſification. Quant au ſtyle, ſi je n'y ai pas répandu
ce *coloris brillant*, cette *chaleur d'idées*,
& cette *fraicheur d'expreſſions*, cette *touche légere & fine* qui caractériſent pluſieurs
des Ecrivains illuſtres de ce Siecle, leſquels

font en poffeffion de cette *couleur de Rofe morte fur un fond de gris de lin* , j'ai tâché du moins de le rendre correct, de ne rien faire dire aux Perfonnages que ce qu'ils devoient dire, & en un mot, de leur faire tenir le *langage brûlant des paffions.* J'ai fait enforte que la penfée fût toujours à fon aife dans le Vers , & tout ce que je n'ai pas pû exprimer, j'ai eu foin d'y fuppléer par des points & des virgules, fur l'ufage defquels je renvoie les Lecteurs à mon Difcours Préléminaire.

Voilà ce que j'avois à dire fur cette Piece. Heureux fi ce coup d'effai, dans un genre fublime, peut-être au-deffus de mes forces, parvient à plaire aux gens de goût & à rappeller quelques-uns de ces détracteurs qui ne dénigrent *le fombre* , que parce qu'ils ne peuvent y atteindre.

DISCOURS PRÉLIMINAIRE.

IL étoit réfervé au fiecle du bon goût, au fiecle de la Philofophie, d'enrichir le Théâtre d'un
nouveau genre, dont les Anciens ont connu feulement la premiere idée; un genre qui n'eft ni
Tragédie ni Comédie: le *Drame*, proprement
dit, qui, étant porté à un certain point, eft
qualifié de Drame *fombre*, où le cœur eft navré continuellement, & preffé délicieufement
par des angoiffes terribles, qui font le charme
du fentiment.

Nos prédéceffeurs, comme le dit très-bien
un des * Auteurs de nos jours, ont épuifé l'*im-
pofant, ce fentiment fi borné du genre admiratif.*
Il nous reftoit *le fombre*, dont le même Poëte
nous a ouvert la carriere, en y débutant par des
chefs-d'œuvre. Moliere, ce grand homme, qui
eft * *entré en maître dans le méchanifme des
paffions humaines;* Moliere, qui n'a fait que
des Comédies, avoit un mérite dont perfonne
n'a jamais parlé: il avoit des idées fur ce genre;
il l'a pour ainfi dire deviné comme les Anciens
ont deviné l'Amérique fans y avoir été; il l'a
montré du doigt, & on a été quatre-vingt-dix
ans, fans en profiter. Je n'oferois pas dire qu'il
n'eut jamais pu y réuffir, mais au moins il
n'a pas été affez hardi que de fe livrer à l'im-
pulfion de fon génie; il a fenti, fans doute,
que fon fiecle n'étoit pas *affez mûr.* Oui, Moliere a connu le Drame *fombre*, & je fuis cer-

tain que fa premiere idée étoit d'en faire un du Tartuffe : on voit clairement qu'il a été tenté de rendre la famille d'Orgon victime de la perfidie de Tartuffe : ce fcélérat l'auroit réduit dans la derniere mifere ; l'auroit traîné dans l'obfcurité d'une affreufe prifon ; l'auroit fait mourir de douleur & de défefpoir , & perfonne de la maifon n'auroit furvécu.

Si cet homme immortel revenoit encore illuftrer la Scene Françoife , j'irois le trouver & lui dire : ô grand homme , renonce au genre que tu veux choifir ; laiffe les fots vivre tranquilles. Fais des chofes plus utiles ; fouille dans les tombeaux , perce les voûtes ténébreufes de nos prifons , & fais-nous des Drames.

Ce que l'Auteur feroit , fi Moliere revenoit au monde.

Perfonne, en effet, n'ofera difconvenir que ce ne foit le genre le plus profitable, parce que c'eft le feul qui puiffe peindre les paffions dans toute leur horreur & offrir le tableau effrayant de leurs fuites funeftes , & de tous les ravages qu'elles caufent dans la fociété. On feroit bien des Comédies, ce n'eft pas là la difficulté : mais ce n'eft pas cela , encore une fois, qu'il nous faut. D'ailleurs la Comédie n'effraie & ne corrige point. Il y a encore autant de fots à préfent que du temps de Moliere ; mais ils ne troublent pas la fociété. Un homme ridicule n'eft pas dangereux. Paris n'eft pas inquiété par tous les fots qu'il renferme. N'y a-t-il pas à préfent, comme du fiecle de Louïs XIV, des Auteurs ennuyeux dont on débite les fottifes , & qui fe croient affis à la premiere place? Eh ! bien, laiffons-les croire. Quel inconvénient ? N'y en a-t-il pas encore qui veulent fe battre contre ceux qui leur confeillent de *ne pas prendre de la main d'un*

Avantages du Drame fur la Comédie.

avide Imprimeur, le titre de ridicule & miférable * Moliere. *Auteur* * ? Eh bien , quel mal cela fait-il ? Les Avocats ne fe difent-ils pas des gens de lettres, parce qu'ils font imprimer des factums ? Leurs femmes ne font-elles pas des importantes ? N'en ai-je pas entendu une, qui difoit à fon cocher, en fortant des Thuileries, *à l'Hôtel* ? Les gens de Finance n'achetent-ils pas encore des Généalogies toutes faites ? Les gens puiffans, de même que M. Turcaret, peuvent-ils manger, fans avoir deux ou trois beaux efprits à leur table, non pas par goût, (ce qui feroit tout fimple) mais pour avoir un jour une épitre dédicatoire, avec ce titre de protecteur des Arts ? Les femmes comme il faut ne vont-elles pas faire des cours d'Hiftoire Naturelle chez M. Adanfon ? Mais je ne vois pas le plus petit mot à dire à tout cela : au contraire, les ridicules font vivre beaucoup de familles aux dépens de ceux qui les ont, & les paffions font caufe de la perte de beaucoup de gens.

On exécute publiquement les criminels, pour effrayer le peuple par leurs fupplices. Que n'ouvre-t-on des théatres où le peuple puiffe aller voir des fcenes terribles, où l'on repréfente Bicêtre, l'Hôpital, la Grève, la Conciergerie, &c. comme l'a propofé M. Mercier, & l'on n'entendra plus parler de ces crimes qui révoltent continuellement.

Projet que l'Auteur doit préfenter au Roi fur l'établiffement d'unnouveau Théâtre. Ce que je vais dire excitera fans doute le rire des *Plaifans agréables* : mais, il n'importe, j'ai le noble courage que donne la vérité. Je maintiens donc que quatre Poëtes Dramatiques bien *fombres*, feront mille fois plus d'effet que les quarante-huit Commiffaires de Paris , & que

tous

tous les Exempts de la Police ; & fi le Gouverne-
ment vouloit fupprimer toutes ces charges , qui
deviendroient inutiles , & donner feulement le
quart de leurs bénéfices à ces quatre Poëtes , qui
s'engageroient à fournir par an chacun deux
Drames , & qui ferviroient par quartier , la Ville
feroit beaucoup plus en fûreté. J'ai là - deffus
un Mémoire inftructif & détaillé que je compte
inceffamment avoir l'honneur de préfenter au
Roi.

Si les Drames font d'une utilité fi grande , il
faut convenir auffi qu'ils ont des difficultés fans
nombre , & ne peut pas faire des Drames qui
veut. Sans parler des autres convenances qui leur
font propres , il faut fur-tout obferver , que n'é-
tant ni des Tragédies ni des Comédies , on doit
les écrire d'une autre maniere , & cette maniere
doit être *large* & non pas étroite ; on doit ,
entre autres chofes avoir un *faire* à foi ; ce *faire*
fi recommandé depuis quelques années ; ce *faire*
que poffédoient Racine & Moliere , fans s'en
être jamais douté ; ce *faire* , qu'on peut mieux
fentir que définir ; ce *faire* qui eft la plus belle
chofe du monde.

Quelques gens pufillanimes vont me deman-
der s'il faut écrire les Drames en profe , ou s'il
convient mieux de les écrire en vers. Si l'on m'en
croit , ce fera en profe. Loin de nous ces
temps de barbarie , où l'on difoit fottement que
les Poëmes fe doivent écrire en vers , & que ceux
qui les faifoient en profe , avoient apparemment
fenti l'impuiffance de faire autrement : c'eft de la
profe qu'il nous faut. Que l'on écrive en vers des
Madrigaux , des Bouquets , des Stances au bas
des portraits , & des Epitres à Cloris , à la bonne

heure ; mais les grands objets doivent être traités en profe. (1) Ainfi les Drames de toute efpece feront en profe : les Tragédies en profe : les Comédies en profe : les Poëmes épiques en profe. Je crois bien que Racine & Moliere auroient été capables d'écrire en profe leurs ouvrages , mais c'eft par complaifance pour leur fiecle qu'ils ont fait des vers, comme c'eft par un refte de foiblefle pour le mien, que j'ai écrit M. Caffandre en vers. Je déclare que c'eft la derniere fois, & que tous les ouvrages Dramatiques que j'ai actuellement fous prefle font tous en profe , ainfi que le feront tous ceux que je ferai dans la fuite.

Les Drames ont procuré à la Littérature une découverte bien précieufe & bien piquante, je veux dire les points jetés avec art tout à travers d'une phrafe, & dont l'emploi difpenfe fouvent d'achever ce que l'on a à dire. Les avantages que l'on en retire font étonnans; c'eft encore à M. d'Arnaud que nous en avons l'obligation. On travaille actuellement aux moyens de déterminer les Longitudes fur mer, & fans doute on n'eft pas loin d'achever les calculs qui nous les fourniront ; & le fiecle pourra fe repofer après ces deux découvertes importantes.

On regrette avec raifon qu'il ne fe foit pas élevé jufqu'à préfent un homme de génie (2) qui ait pu poufler plus loin les combinaifons fur les points, les virgules, &c. Je ne me flatte pas d'être cet homme de génie; mais cette plainte

Les points, découvertes étonnante.

---

(1) Je foutiens avec beaucoup de beaux-efprits , qu'il faut être bien plus Poëte pour écrire en profe que pour écrire en vers.

(2) Difcours Préliminaire du Comte de Cominge.

m'a piqué d'émulation. J'ai tâché d'approfondir la matiere par des recherches pénibles, & je fuis venu à bout de trouver moyen d'employer avec fuccès, outre les points, plufieurs virgules de fuite, quelquefois entremêlées de points, & plufieurs points d'admiration. J'efpere que les gens de l'art n'en refteront pas là, & qu'ils voudront bien concourir à l'utilité publique, en faifant eux-mêmes de nouvelles recherches fur les autres combinaifons qui reftent à faire. J'ai fait de mon travail, fur ce fujet, un Ouvrage particulier qui paroîtra dans peu. En attendant qu'il foit public, je crois devoir dire à mes Lecteurs deux mots fur leur emploi.

On fait déja que plufieurs points de fuite annoncent un filence plus ou moins long fuivant la quantité qu'on en met. Plufieurs virgules de fuite ont un autre objet. C'eft de marquer les endroits où il faut faire des *haut le corps*, fe roidir les bras, fe dreffer fur fes jambes, lever les yeux avec fureur, &c. Entremêlées de points, elles marquent & le filence, & toutes ces petites convulfions de diftance en diftance. Les points d'admiration multipliés, défignent un prolongement de furprife, l'indignation outrée, avec des fignes violens. Ce font toutes ces nuances bien ménagées qui donnent en même-tems, & *l'accent & l'embonpoint du fentiment*, fi recommandés par nos meilleurs Auteurs.

Tous mes amis m'avoient confeillé de briguer, pour mes Drames, la *Palme brillante de la repréfentation, & de ne pas me borner aux honneurs moins faftueux de la lecture.* C'étoit bien mon intention d'abord. Je ne favois fi je devois les faire jouer à la Comédie ou à l'Opéra Comique. Mais j'ai vu, en délibérant, qu'à l'un ou à l'autre

Théâtre , je ferois obligé , peut-être , d'attendre
long-tems une Repréfentation ; & quand il s'agit
d'être utile , on ne doit point attendre fon tour.
Ainfi , avant que mes Drames foient joués , je
les foumets à *l'épreuve du Cabinet.* Je commence
par M. Caffandre , parce que , c'eft de tous les
Drames que j'ai faits ou dont j'ai conçu les plans,
celui que j'adopte par prédilection , non - feulement parce que c'eft celui dont on m'a le plus
loué , mais parce que c'eft celui dont le but eft
d'une utilité plus grande. En effet , ceux qui ont
envie de courir la brillante carriere du Drame,
doivent obferver d'abord de n'en point faire qui
n'ait un but bien moral. L'effroi des paffions
l'horreur du vice , voilà ce qu'il faut d'abord inf-
pirer. Je crois avoir pleinement rempli ces deux
points , de maniere que je penfe qu'il feroit du
devoir d'un Pere de famille honnête & vertueux,
de ne jamais fe coucher , fans avoir raffemblé
autour de lui fes enfans & fes domeftiques , &
fait la lecture d'un Acte au moins de M. Caffandre , ou de toute autre Tragédie Bourgeoife d'une
utilité auffi reconnue.

AVERTISSEMENT.

*P*LUSIEURS *Personnes de distinction me témoignerent l'envie qu'elles avoient de représenter M. Caffandre fur leur Théâtre, en me priant de les guider un peu dans les répétitions. Je m'y fuis prêté avec plaifir, & même je me fuis chargé du principal Rôle, celui du Heros de la Piece, l'un des plus fatiguans qui foit fur le Théâtre. Mais je préviens les Amateurs qui voudront auffi avoir le plaifir de la repréfentation de ce Drame, qu'au moyen de l'obfervation littérale de la Pantomime que j'ai eu foin d'écrire, & des points fim-ples, des virgules, & des points d'ad-miration que j'ai femés, ils n'ont befoin d'aucune autre inftruction. Ils obferveront feulement que M. Caffandre eft un homme d'environ cinquante-cinq ans, encore très-vert, que fa robe de chambre doit être bleue, avec des fleurs. Sa perruque eft une perruque à trois marteaux, & l'habit qu'il a dans la prifon, doit être propre, mais fimplement de drap noir. Madame Caffan-dre eft une femme de quarante à quarante-cinq ans, groffe de fept mois & demi,* *très-appétiſſante encore. On doit choiſir, pour remplir ſon rôle, la femme la plus graſſe de la Société (1). Surtout, je ne peux trop recommander qu'on ait ſoin d'écarter de la repréſentation toutes les femmes qui ſe croiront groſſes, car la commotion que l'on y reçoit eſt terrible, & l'on doit craindre les accidens.*

---

(1) Tous ces détails ſont très-néceſſaires, malgré ce qu'on en peut penſer.

AVIS AUX LECTEURS.

JE dois prévenir mes Lecteurs d'une liberté que
je me suis permise : voici ce que c'est. A la premiere lecture que je fis de M. Caſſandre , tout le
monde obſerva qu'il y avoit des Vers qui ſe trou-
voient déja dans pluſieurs Ouvrages connus. La
grande mémoire & la pleine connoiſſance que j'ai
de nos Auteurs les plus célébres , ou plutôt la
beauté de ces Vers qui frappent tellement l'eſprit
qu'ils s'y gravent ſur le champ, ſans pouvoir s'en
effacer, me les firent écrire involontairement ,
en les croyant de moi. La remarque que l'on m'en
fit faire , me mortifia d'abord beaucoup ; mais
enfin je pris mon parti , & je vis que je ne pouvois
retrancher les Vers, ſans ôter beaucoup de grace
& d'énergie à mon Ouvrage. En conſéquence je
me ſuis décidé à les laiſſer , & à prévenir le Lec-
teur, par des Notes, des endroits d'où je les ai pris,
& cela pour aller au-devant de l'accuſation de
Plagiat.

N. B. Ceux qui ſe méfieroient de leur talent
pour la lecture , lorſqu'ils ſeroient dans le cas d'en
faire une en ſociété , n'auroient qu'à tout ſimple-
ment nommer la quantité de points ou de virgules, ou de points d'admiration qu'ils trouveront,
cela ſuppléra à tout.

CATALOGUE

DES OUVRAGES

DU MÊME AUTEUR

Qui sont sous presse, & qui se débiteront chez le même Libraire.

SUSANNE A L'HÔPITAL, *Drame en trois Actes & en Prose.*

LE SIÉGE DU PORT-MAHON, *Tragédie en Prose & en cinq Actes.*

LES ANGOISSES DU SENTIMENT, *ou la Sensibilité à l'épreuve, Roman en 2 vol.* in-12.

TRAITÉ COMPLET DE LA PONCTUATION, *ou maniere de tirer le plus grand parti des signes de suspension dans le discours. 2 vol.* in-8.

LA MORT DE SIR JAMES DARKNIGT, *Drame en cinq Actes, & en Prose.*

MONSIEUR

CASSANDRE,

OU

LÈS EFFETS DE L'AMOUR

ET DU VERD-DE-GRIS,

TRAGÉDIE

TRÈS-BOURGEOISE,

OU

DRAME

TRÈS-SOMBRE.

NOMS DES PERSONNAGES.

Monſieur CASSANDRE, Marchand Mercier.

Madame CASSANDRE, Femme de M. Caſſandre.

LÉANDRE, Fils des précédens.

JACQUELINE, Servante de M. Caſſandre, mariée ſécretement avec Léandre.

UN GEOLIER.

MONSIEUR

CASSANDRE,

ACTE PREMIER.

La Scene est dans une Salle à manger, éclairée par deux chandelles qui sont sur la cheminée. Il est à-peu-près onze heure & demie. On voit une table desservie, encore couverte de la nappe. Quelques chaises sont rangées autour. Dans l'enfoncement, on voit un buffet à moitié ouvert. Et en général, l'appareil d'une Salle à manger, où l'on vient de sortir de table. Il y a une porte à chaque côté du Théâtre.

SCENE PREMIERE.

CASSANDRE, LÉANDRE.

Ils sont tous les deux à se chauffer au coin de la cheminée. Cassandre est occupé à attiser le feu avec des pincettes. Il est en robe de chambre, mais en perruque. Léandre a un écran dans la main. Tantôt il porte les yeux sur son écran, & tantôt vers le Ciel, c'est-à-dire, vers le plancher. Il est vêtu

*d'un fraque , & il a les cheveux liés en catogan. De tems
en tems ils ſe regardent l'un & l'autre avec des yeux lu-
gubres.*

CASSANDRE, *à part, de maniere que le ſpeʃtateur puiſſe
l'entendre , mais non pas ſon fils.*

Oh ! quand donc finira le tourment de mon cœur ?
Eternel aliment d'un éternel malheur (1) !
Je ſuis.... Dieu.... le dirai-je ?.... ah ! je ſuis....

LÉANDRE, *à part , de même que ſon pere.*

Jacqueline !

Quel trouble affreux & ſombre en cet inſtant me mine !
Hélas ! pour le chaſſer j'ai beau tout employer.

CASSANDRE.

Tandis que triſtement j'attiſe ce foyer ,
A m'embraſer.... hélas !.... l'ingrate eſt acharnée.

Après une petite pauſe.

La flamme eſt dans mon cœur, non dans la cheminée....
Aujourd'hui tout concourt à redoubler mon mal ;
C'eſt peu d'être agité par mon amour fatal ,
Les ſoupçons déchirans.... la jalouſie affreuſe
Vient encore tourmenter mon ame malheureuſe.
Ce n'eſt pas tout.... un rêve, un affreux rêve.... ô ! Ciel !
Non, je ne fis jamais de rêve auſſi cruel ;
Et les cheveux encor m'en dreſſent à la tête.
Eſt-ce un avis du Ciel ſur les maux qu'il m'apprête ?
Qu'en augurer ?..... grand Dieu !.... ce rêve me pourſuit.

LÉANDRE, *à part.*

Je touche au plus beau jour,,,,, à la plus belle nuit,
Qui, depuis vingt-cinq ans , ait embelli ma vie,
Et d'un chagrin ſecret mon ame eſt obſcurcie.
L'Hymen a, ce matin, couronné mon amour,
Et Monſieur le Curé , dès la pointe du jour,

____

(1) Mérinval.

A lié mon deſtin au ſort de Jacqueline:
Je preſſens les plaiſirs que la nuit me deſtine,.....
Et cependant, hélas!.... je ne ſais quel effroi
Me fait, depuis tantôt, friſſonner, malgré moi.

CASSANDRE, *dans le plus grand accablement,*
Avec fureur.

O! rêve.... ô! rêve affreux.... jalouſie infernale!

En pleurant.

Jacqueline!...., objet cher!.... ô! tendreſſe fatale,
Pourſuivrez-vous long-tems mon cœur infortuné?

En ſe levant avec précipitation.

Non, je veux me venger du dédain obſtiné,
Dont l'ingrate a payé mes ſoupirs & mes larmes.

LÉANDRE, *toujours à la cheminée.*

Qui peut donc me cauſer ces ſecrettes alarmes?

CASSANDRE.

Pourquoi l'aimer?.... ah! Dieu! puis-je m'en empêcher?

LÉANDRE, *à ſon Pere, en tirant ſa montre.*

Mon Pere, il eſt minuit; voulez-vous vous coucher?

CASSANDRE.

Me coucher!.... me coucher!.... me coucher!.... ah! le puis-je?

LÉANDRE.

Ce que je vous dis-là, mon Pere, vous afflige?

CASSANDRE, *avec l'égarement de la douleur.*

Oui.. tout m'afflige.. non... rien ne m'afflige... non...

LÉANDRE.

D'où peut donc vous provenir cette agitation?

Voyant que ſon Pere ne lui répond pas.

Mon Pere, répondez.

CASSANDRE, *abſorbé dans ſa mélancolie.*
La perfide! l'ingrate!

LÉANDRE.

Un ſourd chagrin vous mine, & malgré vous éclate (1).

____

(1) Mérinval.

CASSANDRE.

Je n'ai point de chagrin, mon fils.... Il *est des coups* (**1**).
N'en sois jamais frappé (2).

LÉANDRE.

De quels coups parlez-vous,

Mon Pere ?

CASSANDRE.

De quels coups !

LÉANDRE.

Oui, daignez me l'apprendre.

CASSANDRE, *transporté de douleur.*

De quels coups !. ah !.. de coups... de coups... tu dois m'entendre.

LÉANDRE.

Mon Dieu ? non, point du tout.

CASSANDRE.

Eh ! bien !.... ni moi non plus.

LÉANDRE.

Mais encore, dites-moi.

CASSANDRE.

Tes soins sont superflus.
Mon secret doit mourir dans le fond de mon ame.

LÉANDRE.

Non, souffrez qu'un fils tendre en ce moment réclame
Tout ce qu'il a de droit, sur un Pere indulgent,
Pour exiger de vous ce secret affligeant.

CASSANDRE, *après un instant de réflexions.*

Eh ! bien, si tu té plais dans le récit des songes.
Si dans leur sombre horreur quelquefois tu te plonges,
Ecoute celui ci :

LÉANDRE, *en reculant.*

Des songes ?.... je frémis.
J'en ai fait un moi-même.

---

(1) Mérinval.
(2) I. id.

CASSANDRE.

>   Ah ! mon fils.... mon cher fils,
Les rêves bien souvent ne font pas ce qu'on penfe ,
Et , par eux, bien fouvent la célefte vengeance
Avertit....

LÉANDRE.

Je rêvois.

CASSANDRE.

>   Ecoute un peu le mien ;
Et , quand j'aurai fini , tu me diras le tien.
Je rêvois qu'égaré fous des voûtes profondes
Dont l'immenfe étendue embraffoit les deux mondes,
Je ne pouvois fortir de cet affreux féjour,
Où par aucun endroit ne pénétroit le jour.
Des fpectres , près de moi , fe traînoient avec peine,
Pouffant des hurlemens , & fecouant leur chaîne.
Une infecte vapeur me faififfoit le nez.
La terre s'écrouloit fous mes pas étonnés.
J'entendois des ferpens qui me fouffloient leur rage,
Et des chauve-fouris me frifoient le vifage.

LÉANDRE , *avec effroi.*

Dieu ! des chauve-fouris ?

CASSANDRE.

>   Laiffe moi donc parler.
Je n'ofois avancer , je n'ofois reculer ,
Car , comme je t'ai dit , je n'y voyois plus goutte.
Alors de cris d'horreur je fais mugir la voute.
Tout-à-coup, qui l'eut dit ? , de funèbres flambeaux
Jettent leur fombre éclat fur de vaftes tombeaux,
Découvrant à mes yeux des chofes plus terribles
Que ce que j'entendois, des fquelettes horribles

Léandre recule d'horreur.

Embarraffoient mes pas.... à l'aide de ces feux
J'entrevois des rochers dans un lointain affreux.

Je pars, (1) *j'erre en ces rocs dont par-tout se hérisse*
Une chaîne de monts qu'il faut que je gravisse.
Mais, qu'y vois-je ? grand Dieu ! quel spectacle étonnant ?
Un jeune homme étendu presque sans mouvement,
Mourant, pâle, appuyé sur les bras de sa femme.
Mais ce qui déchiroit encor plus mon ame,
Il avoit tous tes traits.... il avoit, à la fois,
Ton âge, ton maintien.... jusqu'à ton son de voix.
Ainsi que lui, sa femme étoit presque sans vie....
Il élevoit vers moi sa main appésantie....
(2) *Il me montre les coups.... son sang.... ma femme... ô ciel !*
(3) *Ses mains tiennent encor le breuvage mortel....*
(4) *L'univers est contraint de permettre un tel crime,*
(5) *Et la mort le saisit admirant sa victime.*
Il paroît encore poursuivi par l'image de son fils, & il recule
  plusieurs pas d'effroi, & il en avance plusieurs autres.
Alors, je m'éveillai plein de cette horreur-là ;
     Après une pause.
Qu'en dis-tu ? cher Léandre, est-ce rêver cela ?

LÉANDRE.

Oui, vous avez conté votre rêve à merveille.
Mais écoutez le mien, & qu'une horreur pareille....

CASSANDRE.

Que je t'écoute ? grand Dieu ! non, je n'écoute rien.
Aucun songe ne fut aussi beau que le mien,
Du moins aussi terrible.... il doit seul me suffire.

LÉANDRE.

Jugez d'après le mien.

CASSANDRE.
Garde-toi de le dire.

---

(1) Guillaume Tell.   (4) Argillan.
(2) Mérinval.   (5) *Ibid.*
(3) *Ibid.*

LÉANDRE.

LÉANDRE.

Dans ce cas là, mon père, allons donc nous coucher.
Allons nous mettre au lit.

CASSANDRE, *pénétré de la plus grande affliction.*

Eh qu'irai-je y chercher ?

Tu dors donc (1) ?

LÉANDRE.

Oui vraiment.

CASSANDRE, *à part.*

L'innocence repose (2).

A son fils.
Mon fils, *je ne dors plus.*

LÉANDRE.

Et qui donc en est cause ?

CASSANDRE.

Quelle cause ? grand Dieu !....

LÉANDRE.

Si vous ne dormez pas,
Quel tems prenez-vous donc, mon Pere, dans ce cas
Pour rêver ?

CASSANDRE.

Quel tems ?

LÉANDRE.

Oui.

CASSANDRE.

C'est dans mes insomnies.

---

(1) Mérinval.
(2) *Ibid.*

SCENE II.

JACQUELINE, CASSANDRE, LÉANDRE.

*Jacqueline, en entrant, fe met à plier la nappe & les fer-
viettes qui font fur le dos des chaifes. Elle jette fur Léandre
le coup d'œil du defir & de l'intelligence. Caffandre la regarde
en foupirant, & dit, après un inftant de filence,*

CASSANDRE.

AU cœur le plus ingrat que de beautés unies!
LÉANDRE, *bas à Jacqueline, avec l'effufion du cœur.*
Aimable Jacqueline....

JACQUELINE.

Eh! bien, époux trop cher.

LÉANDRE.

Ah! qu'il tarde à mon cœur de nous aller coucher!
CASSANDRE, *avec l'expreffion du défefpoir.*
Oui, je m'en vengerai.... quand cela? tout-à-l'heure.
Quel que foit mon Rival, il faudra bien qu'il meure.
J'ai fu par le moyen de ce paffe-par-tout,
Pénétrer dans fa chambre.... & j'ai vu tout, oui tout.
Sur fa table on voyoit de quoi remplir mes poches
De macarons amers, de bifcuits, de brioches,
Une demi-bouteille, hélas! de vin mufcat,
Avec une taupette, ô ciel! de ratafiat,,,,
Elle n'a bû jamais d'aucun vin, & l'eau claire
Entretient de fon teint la fraîcheur ordinaire....
Pour qui donc eft ce vin, finon pour mon Rival?
Pour qui ce ratafiat.... ce ratafiat fatal?
En tirant de fa poche un cornet de papier.
Mais ce cornet bientôt fervira ma colere.

LÉANDRE.

Je vois que vous fouffrez, qu'avez-vous donc, mon Pere?

CASSANDRE.

Que dis-tu? mon cher fils?

LÉANDRE.

Il eſt plus de minuit,
Et je vais vous chercher votre bonnet de nuit.

CASSANDRE.

(1) *Léandre.... je ne ſais.... mon fils.... va.*

En regardant Jacqueline.

La cruelle!

A Léandre qui ſort.

Il eſt, ſous l'oreiller à droit, vers la ruelle.

SCENE III.
CASSANDRE, JACQUELINE,
CASSANDRE.

JAcquelinE, approchez : pour la derniere fois,
Je veux ſur mon amour vous élever ma voix.

Après un inſtant de ſilence.

Fille trop inſenſible, hélas! ſur votre eſtime
Je préſumois avoir un droit bien légitime....
Et qu'enfin votre cœur....

JACQUELINE.

Monſieur, n'en doutez pas,
Je fais certainement de vous le plus grand cas.

CASSANDRE.

Eh! bien! donc.

JACQUELINE.

Non, c'eſt tout ce que mon cœur vous porte.
(2) *Plus mon eſtime eſt grande, & plus ma haine eſt forte.*

CASSANDRE.

Quel galimathias me faites-vous donc là?

---

(1) Mérinval.   (2) Mort de Socrate.

JACQUELINE.

Penſez-vous que jamais Jacqueline oubliera
Ce qu'elle doit à vous, à Madame Caſſandre,
Cette épouſe ſi chere & ſi bonne & ſi tendre,
Et ſur-tout dans l'état où vous ſavez qu'elle eſt,
Groſſe à pleine ceinture....

CASSANDRE, *vivement.*

　　　　　　Eh ! Dieu ! qu'eſt-ce que fait
Qu'elle ſoit groſſe ou non. Si votre ame ſenſible
A mon parfait amour ſe rendoit acceſſible,
Vous n'allegueriez pas ſa groſſeſſe, vraiment !

JACQUELINE.

Mais la vertu ?

CASSANDRE.

Tarare.

JACQUELINE.

Oh ! quel égarement !

CASSANDRE.

Penſez-vous, après-tout, que je ſois votre dupe ?
Je ſais qu'un autre Amant plus heureux vous occupe.

JACQUELINE, *avec une ſurpriſe mêlée d'affection.*

Un autre amant ! moi !...

CASSANDRE.

Vous.

JACQUELINE, *à part, avec l'air de la plus grande*
inquiétude.

　　　　　　Malheureuſe !

CASSANDRE.

　　　　　　　　En un mot,
Caſſandre eſt malheureux, mais ce n'eſt pas un ſot.
Je ne vous dirai rien là-deſſus davantage.
C'en eſt fait..

A part, avec une colere étouffée.

N'écoutons à préſent que ma rage.

S C E N E I V.

CASSANDRE, JACQUELINE.

LÉANDRE, *apportant le bonnet de nuit de son Pere.*

CASSANDRE, *à part.*

Viens, viens, sers ma vengeance, ô funeste cornet!
Le sort en est jetté :

LÉANDRE.

Voici votre bonnet,

Mon Pere.

CASSANDRE, *tristement.*

Donne... hélas!..

LÉANDRE, *se précipitant vers Jacqueline.*

Vous pleurez, Jacqueline ?

JACQUELINE, *en essuyant ses yeux.*

Un noir pressentiment malgré moi me chagrine.

CASSANDRE, *parlant à son bonnet.*

Ministre du sommeil, ô! meuble antique & cher,
Que des fleurs de l'amour j'ai vu jadis couvert,
Toi qu'ornoient tant de mains de blondes ou de brunes,
Toi qui fus le témoin de mes bonnes fortunes,
Tu ne le seras plus désormais que des pleurs,
Que sur mon traversin font couler mes douleurs.

Il ôte sa perruque avec des mains tremblantes, & dit en
la regardant avec des yeux remplis de larmes.

De mes cheveux perdus image ingénieuse,
Haraucourt (1) te forma : sa main industrieuse

----

(1) C'est le nom de celui qui fait les perruques de l'Auteur, qui
saisit avec plaisir cette occasion de louer son Perruquier sur ses talens,
& sur-tout de ce que dans sa jeunesse il a mieux aimé se livrer à la
perruque qu'à la Poësie, chose fort rare dans ce siecle-ci.

Me fait en vain paroître & moins triſte & moins vieux :
Va, tu fais ſur mon front (1) un menſonge orgueilleux.

*Il remet ſa perruque à ſon fils qui la prend avec reſpect,
en regardant Caſſandre de l'air le plus attendri. Caſſandre
veut mettre ſon bonnet de nuit, après l'avoir fixé long-tems
en ſoupirant. Mais il lui échappe des mains, tant la douleur
le ſuffoque : ſon fils le ramaſſe & le lui met ſur la tête.*

CASSANDRE, *à part.*

Ferme, allons.... recueillons la force qui me reſte,
Pour punir ce rival à mes vœux ſi funeſte.

LÉANDRE, *à Jacqueline qui paroît toute inquiete.*

Va, va, conſole-toi, le moment du plaiſir
Approche.

JACQUELINE.

Et ce moment pourtant me fait frémir!

LÉANDRE, *à ſon pere éperdu.*

Qu'eſt-ce donc? vous lancez par-tout des regards ſombres,
Parlez.

CASSANDRE, *à part, ſans écouter ſon fils.*

Tu vas bientôt *deſcendre chez les ombres,*
Traitre, *par un ſentier de verd-de-gris (2).*

LÉANDRE.

Mais quoi?

Mon Pere, répondez, vous me glacez d'effroi.

CASSANDRE, *en ſe contraignant avec effort.*

Ce n'eſt rien... non...

LÉANDRE, *à part.*

J'y perds toute ma rhétorique.

CASSANDRE.

Je m'en vais un peu faire un tour dans la boutique ;
Cependant reſtez-là tous les deux un inſtant.

____

(1) Vers d'Argillan.
(2) Vers de M. le Miere ſur les caſſerolles *de cuivre.*

LÉANDRE, *à son Pere.*

Si j'allois me coucher ? je l'aimerois autant,
Si toutefois de moi vous n'avez point affaire ?

CASSANDRE.

En embraffant son fils.

Non… Bon soir , mon cher fils.

LÉANDRE.

Bonne nuit (1) , mon cher Pere.

Il s'arrache avec peine des bras de son Pere.

CASSANDRE, *à part.*

Vîte , allons dans sa chambre.

SCENE V.

JACQUELINE, LÉANDRE.

LÉANDRE.

EH ! bien, expliquez-moi,
Puisque nous sommes seuls, le trouble où je vous voi.

JACQUELINE.

Votre Pere en est cause, hélas ! mon cher Léandre.

LÉANDRE.

Mon Pere est si barbare !

JACQUELINE.

Ah ! qu'il n'est que trop tendre !
Il me parloit d'amour d'un air tout effaré,

---

(1) Il n'y a qu'une voix sur cette situation. Tout le monde l'a trou-
vée déchirante. Dans le même inftant que l'infortuné Cassandre sort
pour empoisonner son fils, ce même fils auffi respectueux que tendre,
embrasse son Pere de la maniere la plus touchante , en lui souhaitant
une bonne nuit.

Et même dans l'inſtant que vous êtes entré,
Il joignoit la fureur à ſa vaine pourſuite.

LÉANDRE, *tendrement.*

Eh ! qui ne ſent combien vous avez de mérite ?
Mon Pere, comme moi, connoît tout votre prix :
Et j'aurois bien plutôt ſujet d'être ſurpris,
Si ſon ame à vos traits n'étoit point aſſervie.
De plus, ſi mon Grand-Pere étoit encore en vie,
Je l'excuſerois fort de ſoupirer pour vous.
Oui, vous l'auriez toujours, je gage, à vos genoux...
Mais mon Pere revient.. Au revoir, je vous quitte...
Je vais dans votre chambre... amour m'y ſollicite.
Je vous y vais attendre... ô plaiſir !, venez-y,
Sitôt que vous pourrez, chere Jacqueline.

JACQUELINE, *de l'air le plus tendre.*

Oui.

SCENE VI.

CASSANDRE, JACQUELINE.

*M. Caſſandre arrive tout égaré, la robe de chambre ou-
verte, le bonnet de nuit dérangé, avec tout le déſordre qui
accompagne un homme qui vient de faire un mauvais coup.*

CASSANDRE, *après avoir fait pluſieurs tours dans la
Salle à manger d'un air déſeſpéré.*

LE crime eſt conſommé.

JACQUELINE, *en fuyant de tous les endroits
par où paſſe Caſſandre.*

Quelle mine effroyable !

Qu'a-t-il donc ?.. je m'enfuis.

Elle ſort.

SCENE VII.

CASSANDRE, *seul.*

Il se jette dans un fauteuil.

MA main impitoyable,
(1) *Malgré les sentimens dont je dompte l'effort.*
S'empresse à préparer le breuvage de mort...

En se levant brusquement.
Prends, & meurs téméraire.

En retombant dans le fauteil.
Amour,,, forfaits,,, ô crime !..

En pleurant.
O ciel !,,, qui donc sera cette nuit ma victime ?

En se levant avec frayeur.
Mais que vois-je ? un fantôme ,,,

En poussant un cri.
Eloignez-le, grand Dieu !..
Je voudrois,,,.. Je ne puis m'arracher de ce lieu.
(2) *Tous mes sens sont remplis du sombre effroi d'un songe.*
J'entends des cris plaintifs.,. dans le sang je me plonge...
Je marche sur des morts...

En se débattant il fait tomber sa chan-
delle qui s'éteint.
Dieu ! le jour m'est ôté !...
(3) *Ce n'est pas la vertu qui craint l'obscurité.*
Dans cet instant d'horreur où mon malheur me jette,
Je ne sais où je suis... allons, qu'une allumette ,
A ma chandelle éteinte, offrant de nouveaux feux ,
Tout à la fois éclaire & mon cœur & ces lieux.

Il se traîne à pas lents vers la cheminée. Il y prend une
allumette qu'il approche d'un charbon , & avec laquelle il
rend la lumiere à sa chandelle.

---

(1) Mérinval.   (3) *Ibid.*
(2) *Ibid.*

SCENE VIII.

Monsieur CASSANDRE, Madame CASSANDRE.

Madame CASSANDRE *est en coëffure & manteau de lit, comme une femme qui vient de se lever précipitamment.*

SI long-tems, cher époux, vous me faites attendre ;
Je suis, depuis souper, dans mon lit à m'étendre,
Et vous ne venez pas.

CASSANDRE, *en soupirant profondément.*
Ma chere femme !..

Madame CASSANDRE.
Eh ! bien.

CASSANDRE, *en soupirant plus profondément.*
Ah ! Madame Cassandre !..

Madame CASSANDRE.
Eh ! qu'avez-vous donc ?

CASSANDRE, *de toute sa force, en jettant avec fureur son bonnet de l'autre côté de la Salle.*
Rien.

Madame CASSANDRE.
Eh ! quoi ! sans nul sujet vous desertez ma couche ;
Allons, remenez-moi.

CASSANDRE, *avec l'expression de la plus profonde douleur.*
Le destin trop farouche
(1) *Brise mon cœur navré sous la meule des maux.*

____

(1) Lamentations de Jérémie, par M. d'Arnaud.

Madame CASSANDRE, *toute effrayée.*

Ah! ne me tenez point ces barbares propos.
Dans l'état où je fuis un rien pourroit me nuire.
Ce fruit fi cher, hélas! un rien peut le détruire.
Plus d'un malheur pareil a caufé mon chagrin.

CASSANDRE, *à part, fans prendre garde à Madame*
Caffandre.

De mes douleurs, ô! ciel! quand verrai-je la fin?

Madame CASSANDRE, *en ferrant tendrement fon*
mari dans fes bras.

Et nous n'en ferons plus peut-être de la vie.

CASSANDRE, *à part.*

(1) *Que l'amour qui fe venge eft un puiffant génie!*

SCENE IX.

Monfieur CASSANDRE, Madame CASSANDRE,
JACQUELINE.

Madame CASSANDRE.

Mais, qu'a donc, Jacqueline, elle a l'air éperdu.

JACQUELINE *accourt précipitamment fur le Théâ-*
tre, & fe laiffe tomber dans un fau-
teuil, en criant de toute fa force.

A l'aide... ô! ciel!.. je meurs.

Madame CASSANDRE.

Qu'eft ce?.. répond?. qu'as-tu?

JACQUELINE.

Léandre ..

Madame CASSANDRE.

Eh! bien?

---

(1) Mérinval.

20 Monsieur C A S S A N D R E,
J A C Q U E L I N E.

Il est...

Madame C A S S A N D R E.

Qùe je suis inquiete!

Acheve.

J A C Q U E L I N E, *avec le cri de la douleur.*

Il meurt.

Madame C A S S A N D R E, *en tombant dans un fauteuil.*
Grand Dieu !

J A C Q U E L I N E, *en se laissant glisser par terre.*
Ciel !

C A S S A N D R E, *en tombant étendu sur la table à manger, & son bonnet roulant à terre.*

Fatale taupette !!!!

Ils restent tous trois long-tems plongés dans l'évanouisse-ment, à la fin M. Cassandre se souleve avec peine & dit:
Mon fils mort!,,,,... voilà donc le mystere éclairci!..,,
Grand Dieu ! par quel forfait, par quel crime inoui !
En portant ses deux mains sur sa tête, & en tenant son bon-net de nuit.
C'est moi qui l'ai frappé...

J A C Q U E L I N E, *se soulevant aussi avec effort.*
Par un si prompt veuvage,
Devois-je voir, hélas ! borner mon mariage ?

C A S S A N D R E, *douloureusement à sa femme.*
Ma femme !

Madame C A S S A N D R E, *sans ouvrir les yeux.*
Eh ! bien ?

C A S S A N D R E, *plus fort à sa femme.*
Ma femme ?

Madame C A S S A N D R E.
A quoi bon m'éveiller ?

Qu'est-ce que c'est ?

CASSANDRE.

Eh ! quoi ! vous pouvez sommeiller ?
Quand votre fils....

Madame CASSANDRE.

Avec fureur

Ah ! oui... rends moi mon fils.

CASSANDRE, *en l'appaisant.*

Ma femme !...

Madame CASSANDRE, *courant autour de la chambre.*
(1) *Rends-moi mon fils... mon fils... rends-moi mon fils...*

JACQUELINE, *en pleurant.*

Madame ,
Il étoit dans ma chambre entré pour un inftant.
Il y fit quelques tours.. tout d'un coup , patapan...
Il tombe , & fur le champ dans mon lit il expire.

CASSANDRE, *pleurant amérement.*
Funefte ratafiat !!!!

Madame CASSANDRE , *retombant dans fon évanouif-
fement.*
Que viens-tu de me dire ?
JACQUELINE.
Léandre !,, cher Léandre !

CASSANDRE.

O ! mon fils !.. mon cher fils !

JACQUELINE.
O mortelle douleur !

CASSANDRE.

Je ne fais où j'en fuis.
Un défefpoir affreux.. s'empare.. de mon ame.

Voyant fa femme évanouie.
Dans cette extrêmité je fuis tout prêt... ma femme...
Plus fort.   *Encore plus fort.*
Ma femme... hélas !... ma femme.

———————————————————

(1) Le Pere de famille.

Monſieur CASSANDRE,
Madame CASSANDRE.

      Euh ! qu'eſt-ce donc encor ?

CASSANDRE.

Ma femme, vous dormez, quand votre fils eſt mort !

  Madame CASSANDRE, *ſe levant avec fureur.*

Ah ! vous avez raiſon... ô ! déſeſpoir... ô ! rage...
Ah ! Dieu ! je ne ſaurois y tenir davantage,
Et je vais..... me coucher.

CASSANDRE.

    Allons tout préparer,

Jacqueline....

   JACQUELINE.

Pourquoi ?

CASSANDRE, *en pleurant.*

    Pour le faire enterrer.

Ils ſortent tous les trois en donnant les ſignes du plus grand
déſeſpoir.

Fin du premier Acte.

ACTE II.

Le Théâtre repréfente une Prifon éclairée par une feule lampe fufpendue au plancher. Il n'y a dans la chambre où fe paffe la Scene, qu'un lit en mauvais ordre, une petite table de bois, & une chaife de paille. On aura foin que cette Prifon foit la plus affreufe de toutes celles qui ont été vues fur aucun Théâtre, & même il convient, pour plus de vérité, que le Décorateur repréfente l'intérieur du Grand Châtelet, tel qu'il eft, dans la plus grande exactitude, parce que c'eft-là que fe paffe la Scene.

SCENE PREMIERE.

CASSANDRE, *feul.*

Il paroît dans l'enfoncement du Théâtre, & s'avance à pas lents ; de tems en tems, il leve les yeux vers la voute avec une furprife mêlée de terreur. Il s'arrête plufieurs fois en fixant fombrement tout ce qui l'environne, puis il dit.

OU fuis-je ?...dans quels lieux... le fort m'a-t-il conduit ?...
Dans ce repaire affreux du crime & de la nuit
Qui donc à fait loger le malheureux Caffandre ?,,,,
Le Commiffaire ?!!! ah Dieu !!! s'y devoit-il attendre ?
O vous qui de mes jours avez troublé la paix....
Jacquéline ,,, mon fils ,,, remords,,, vertu ,,, forfaits ,,,
      D'un air égaré.
Amour.... je ne vois pas ma femme... où donc eft-elle ?....
Souvenir trop amer !!!! atteinte trop cruelle !!!

Ah! que deviendra-t-elle après ce coup affreux ?
Que vais-je devenir moi-même... ah malheureux!!!?
... Mais que vois-je ,,,, quel ſort faut-il que je ſubiſſe ?
Le fatal tombereau me traîne à mon ſupplice....
Ah!.. j'entre dans la Grêve. & je vois l'échaffaud!!!
Dieu!... ſuſpendez vos coups ; ne frappez pas ſitôt.
Très-tendrement.
Arrêtez.... laiſſez moi voir Jacqueline encore.
Tout prêt d'être rompu, malgré moi je l'adore.
Avec plaiſir par moi ſon nom eſt prononcé:
Et ſur la roue encor quand on m'aura placé,
Je veux, en attendant que mon deſtin s'acheve,
En faire retentir les échos de la Grêve....
Mais pourquoi donc attendre un infâme bourreau?
Je puis le prévenir & m'ouvrir mon tombeau....
Je puis bien par moi-même... oui.. j'ai de quoi le faire....
Et ce même cornet finira ma miſere....
Tout n'eſt pas employé; j'en dois avoir aſſez.

——————

SCENE II.

Monſieur CASSANDRE, le GEOLIER.

Le Geolier entre avec une lanterne à la main. Il regar-
de M. Caſſandre avec un air d'intérêt & de compaſſion , &
n'oſe s'approcher de lui de peur de troubler ſes réflexions pro-
fondes. M. Caſſandre voyant ſon embarras , lui dit.

CASSANDRE.

Homme compatiſſant...
Le GEOLIER, *s'attendriſſant ſur le ſort de M.*
Caſſandre.
Quel dommage !
CASSANDRE.

CASSANDRE.

Avancez.
(1) *Venez-vous m'avertir que ma mort est prochaine ?*
Je vous l'ai dit... ce coup... je le reçois sans peine....
C'est le terme d'un sort.... que je ne soutiens plus....
On peut se consoler d'avoir les os rompus....

Le GEOLIER.

Sans doute , ce n'est rien.

CASSANDRE.

(2) *Mais la honte ,,, la honte !...*

Le GEOLIER.

C'est cela.

CASSANDRE.

Mais la honte....

Le GEOLIER.

Oh ! c'est un autre compte :
Voilà le triste.

CASSANDRE.

Hélas ! la honte à soixante ans ! ! !
(3) *Je vois le deshonneur souiller mes cheveux blancs....*

Le GEOLIER.

Votre perruque au moins.

CASSANDRE.

Cheveux blancs est plus noble.

Le GEOLIER.

Quand on en a , mais vous....

CASSANDRE.

Pour ce supplice ignoble,
J'étois donc né, grands Dieux !,, (4) *ah ! quel cœur affermi ?...*
Le mien.... est-il bien vrai.... seriez-vous mon ami ?

____

(1) Vers de Mérinval.　　　(3) *Ibid.*
(2) *Ibid.*　　　　　　　　(4) *Ibid.*

LE GEOLIER.

(1) *Ecoutez-moi*, Monſieur, *je ſuis ami de l'homme.*

CASSANDRE.

De moi; par conſéquent, vous l'êtes ?

Le GEOLIER.

C'eſt tout comme.

CASSANDRE.

Eh bien ! dans ce cas-là, mon ami, voulez-vous
Me faire le plaiſir de me prêter dix ſous ?

Le GEOLIER.

Pourquoi faire, dix ſous ?

CASSANDRE.

Pour m'avoir une pinte
De vin.

Le GEOLIER.

Je ne peux pas.

CASSANDRE.

N'ayez aucune crainte :
Ils vous ſeront rendus très-ſcrupuleuſement.

Le GEOLIER.

Oh ! je ſuis votre ami .. mais je n'ai pas d'argent.

CASSANDRE.

Point d'argent !!! juſte ciel !

Le GEOLIER.

Je vous plains fort, du reſte.

CASSANDRE.

Ah ! mon malheur s'accroît par ce revers funeſte.
Quoi, vous me refuſéz un ſi foible ſecours !...
Terminez donc, hélas ! mes malheurs & mes jours.

Avec chaleur.

Vous ne connoiſſez pas les paſſions humaines.
Vous ne connoiſſez-pas les tourmens & les peines

____

(1) Argillan,

Avec l'accent de l'amour.

D'un homme dont l'amour fait lui seul le destin :

Avec l'accent du désir.

Ni le besoin que j'ai d'une pinte de vin.

Avec l'accent du désespoir.

Oui : l'amour a causé toute mon infortune.

J'avois toujours vécu sans fiel & sans rancune :

La haine & la vengeance entrerent dans mon cœur,

Quand je vis Jacqueline... ah ! de quelle fureur

Ce trop sensible cœur s'est-il rendu coupable !

J'en gémis... j'en frémis... j'en... destin déplorable !

Que de pleurs ,,, de regrets ,,, ah ! quel funeste sort !

Le GEOLIER, en s'attendrissant.

Vous m'affligez.

CASSANDRE, égaré.

Mon fils... j'ai pû vouloir ta mort ,,,

Le GEOLIER.

Vous me fendez le cœur.

CASSANDRE.

La douleur qui me presse

Est telle... qui pourra consoler la vieillesse

De ma femme... (1) *Elle alloit donner à mon amour*

Un gage.... que ses yeux ne s'ouvrent point au jour....

Que bien plûtôt hélas !...

Le GEOLIER.

Quoi ! votre femme est grosse ?

CASSANDRE.

CASSANDRE, avec le cri de la douleur.

Du vingt deuxieme enfant....

Il s'apperçoit que le Geolier ne peut retenir ses larmes.

Que vois-je ? Dieu m'exauce....

Vous êtes tout ému... vous vous attendrissez.

Que je vous sçais bon gré des pleurs que vous versez....

______

(1) Mérinval.

     Monſieur CASSANDRE,

     Le GEOLIER, *en ſanglotant.*
Le moyen d'y tenir.

              CASSANDRE.
              Ah ! quelle ame ſenſible !
Après un inſtant de ſilence.
Vous me les donnerez les dix ſols ?

              Le GEOLIER.
                        Pas poſſible.
Mais ſi je les avois, ce ſeroit de bon cœur..

              CASSANDRE.
Par ce refus cruel vous comblez mon malheur.
Faut-il avoir laiſſé ma bourſe ſur ma table!

              Le GEOLIER.
J'en ſuis fâché vraiment.

              CASSANDRE.
                  Ah! grand Dieu ! tout m'accable.
La mort... ô mon cher fils... ô pere trop cruel!!!!
Le déshonneur,,, la roue ,,, & point de vin.. ô ciel,,,
Et pas un ſol.... j'aurois vécu ſans cette tache
Le plus heureux Mercier du quartier Saint-Euſtache...
Mais j'ai connu l'amour, la haine & leurs tranſports,
Et ſuis le plus à plaindre à préſent des ſix Corps.

              Le GEOLIER.
(1) *Quel eſt donc votre nom , Mercier impitoyable ?*

              CASSANDRE, *avec fureur.*
Vous l'avez oublié... Caſſandre l'implacable.

              Le GEOLIER.
Ah! vous avez raiſon ; préſentement j'y ſuis.
    Avec indignation.
(2) *Un Pere préſenter du poiſon à ſon fils !*

---

(1) Vers imités de ceux-ci , d'Argillan.
Dis-moi quel eſt ton nom , Chrétien impitoyable?
Quoi! tu ne connois pas Argillan l'implacable?
    (2) Mérinval.

CASSANDRE, *avec l'égarement de la douleur.*
Dure fatalité qui m'entraînas au crime ,,,,
Funeste passion... dont je suis la victime ,,,,
Où m'avez-vous conduit ?.... mourir hélas ! n'est rien...
Mais être rompu vif !!!! du reste , on le sait bien,
(1) *Le tems , dont les mortels ne peuvent être Maîtres ,*
Comme un torrent rapide entraîne tous les êtres.
L'humanité surnage...
     Le GEOLIER.
     Hein ! comment dites-vous ?
    CASSANDRE.
Je ne sçais , je m'égare.... ah ! malheureux époux !!!!
Trop malheureux amant , & trop malheureux pere !!!!
   Le GEOLIER , *en pleurant.*
Mon Dieu, que c'est touchant !
    CASSANDRE.
      Eh quoi ! sur ma misere
Je vois que vous pleurez... vous vous attendrissez...
   Le GEOLIER , *en essuyant ses yeux.*
Vraiment oui : je ne peux , hélas ! m'en empêcher.
  Suffoqué par les sanglots.
Ah !.. ah !..

  . CASSANDRE.
  Aurai-je enfin ce que je vous demande ,
Les dix sols ?
    Le GEOLIER.
   Ma douleur est en effet fort grande ,
Et je pleurs tant qu'on veut.... mais le tout sans argent.
    CASSANDRE.
Eh ! bien ! écoutez moi , mon besoin est urgent.
Prenez-moi mon chapeau.... courez le mettre en gage
Chez le Marchand de vin.

---

(1) Imitation d'un passage du spectateur François Quoique M. la
Croix n'ait fait, à ce que je crois, ni Drames, ni Vers , nous avons cru
pouvoir lui emprunter cette image vraiment poëtique.

 Monsieur CASSANDRE,

Le GEOLIER.

Bon cela : c'est l'usage
Quand on n'a pas d'argent.

CASSANDRE.

On le paiera tantôt.

Le GEOLIER.

Vous en allez avoir dans ce cas au plutôt.

CASSANDRE, *en ôtant tristement son chapeau.*

Je le fais avec peine, & mon cœur y résiste....,
En le considérant avec attendrissement.
Je ne l'achetai point pour un emploi si triste,
Mais il faut s'y résoudre.

Le GEOLIER, *en prenant le chapeau.*

Il est encore fort beau.

CASSANDRE, *à part.*

J'en serai quitte, hélas ! pour mourir sans chapeau.
Au Geolier.

Portez-le en gage : allez. J'y mettrois ma culotte,
Si le vouloit ainsi le sort qui me balotte.

SCENE III.

Monsieur CASSANDRE, *seul, en marchant à grands pas dans sa chambre.*

ALLONS, par le moyen d'une pinte de vin,
Je m'en vais terminer mon malheureux destin....
Attends-moi, mon cher fils, nous ferons route ensemble.
Attends : dans un moment ma fureur nous rassemble.
Ce même verd-de-gris qui te met au tombeau,
Va bientôt m'enlever à la main du bourreau.
Il saura te venger de ton malheureux pere....
Dans un seul coup de vin il en fera l'affaire....

Avec attendriſſement. En pleurant.
Et Jacqueline, hélas !.... faut-il ne la voir plus !
Le charme & le tourment de mes ſens éperdus ! ! !
Et ma femme.... ma femme.... & ma chere boutique...
Berceau de mes ayeux.... leur héritage antique....

SCENE IV.

Le GEOLIER, Monſieur CASSANDRE.

Le GEOLIER.

TENEZ, voilà du vin. Il eſt bon, vieux & fort.
CASSANDRE.
Vous m'offrez la vie..... ah ! c'eſt-à-dire la mort.

Tandis que le Geolier dit à part les quatre vers ſuivans,
Caſſandre met ſecrettement le verd-de-gris dans la bouteille,
& vuide tout le cornet de papier qui le contenoit, enſuite il
remue beaucoup la bouteille.
Le GEOLIER, *à part.*
Avoir pour le bon vin une ſi forte envie,
(1) *Avec une ame au meurtre à tel point endurcie !....*
Ce contraſte odieux, dans l'homme préſenté,
Qu'on ne peut concevoir, m'a toujours révolté.
CASSANDRE, *en buvant courageuſement un grand*
verre de vin.

Mourons.
Le GEOLIER.
Je n'ai jamais apporté de ma vie
De vin aux priſonniers, ſans tenir compagnie.
Il boit un verre de vin ; puis il crache à droite & à gauche.

---

(1) Vers de Mérinval.

Ce vin certainement n'eſt pas mauvais du tout,
Mais il a cependant certain arriere goût!...

CASSANDRE, *à part, dans le plus grand abbatement.*

Adieu, ma femme.. Adieu.. toi.. qui me fus plus chere,
Qui m'embraſas, hélas ! d'une flamme adultere...
Ah ! ce cœur qui jamais du tien ne fut aimé,
Va deſcendre au cercueil encore tout enflammé.

     Haut, avec le cri du déſeſpoir.

Mon fils,,, je t'ai tué !!! pere atroce !!! ô nature,
Sois vengée.

         Le GEOLIER.

     (1) *Auriez-vous,* Monſieur, *par avanture,*
Des complices ?

         CASSANDRE.

     (2) *Moi ſeul, ferme dans mon projet,*
L'ai conçu, l'ai ſuivi, l'ai rempli,.. j'ai tout fait.
Je ſuis un homme terrible.

         Le GEOLIER.

         Juſte ciel ! je friſſonne.
Mais à propos, j'ai vu là bas une perſonne
Qui m'offre vingt louis pour la laiſſer vous voir.

     CASSANDRE, *d'une maniere vive & émue.*

Eh bien ! que ne vient-elle ?

     Le GEOLIER, *d'un air indigné.*

         Ah ! Monſieur, mon devoir !
Mon ſerment !

         CASSANDRE.

     Qu'elle vienne & j'en promets cinquante.

         Le GEOLIER.

Non. Vous le ſavez bien, quoique l'argent me tente,
(3) *On n'eſt point équitable & parjure à la fois.*

         CASSANDRE.

Oui, vous avez raiſon, le mot eſt d'un bon choix.

____

(1) Mérinval.
(2) *Ibid.*
                   (3) Mort de Socrate.

Mais, c'eſt ma femme, hélas ! à ce que je préſume,
Et je ſuis trop à plaindre en ce jour d'amertume,
Pour ne pas m'accorder la derniere faveur
De la voir en ſecret.

Le GEOLIER.

Ce ſeroit de bon cœur,
Si je ne commettois par-là ma conſcience,
Mais...

CASSANDRE.

Pour vous en donner une entiere aſſurance,
Je m'en vais vous donner un excellent effet...

En écrivant.

En vous l'antidatant... un mandat ou billet,
Sur Monſieur Bertrand. Rien n'eſt plus ſolide au monde.

Le GEOLIER, *en réfléchiſſant.*

Sur Monſieur Bertrand ?

CASSANDRE.

Oui : mon fabriquant de blonde,
Qui ſe trouve chez moi débité pour autant.

Le GEOLIER.

Vous me déterminez.

CASSANDRE, *en lui donnant le billet qu'il vient d'écrire.*

Cela vaut du comptant.

Le GEOLIER, *en liſant le billet.*

Vos malheurs, vos billets, tout à vous m'intéreſſe.

CASSANDRE.

Dépêchez-vous au moins, car le tems preſſe
Plus que vous ne penſez.

Le GEOLIER.

Croyez qu'en tout ceci
Ce n'eſt pas l'intérêt qui me décide ainſi.

CASSANDRE.

Mon Dieu, je le ſais bien ; mais allez, courez, vîte.

Le GEOLIER.

Je ne ſuis qu'un inſtant & reviens tout de ſuite.

SCENE V.

CASSANDRE, *seul.*

O ! tendre épouse !!! hélas !,,, digne d'un sort plus doux.
Comment peux-tu revoir ton infidèle époux !
Dans tes embrassemens il faut donc que je meure.
Hâte-toi, je nai pas sans doute encore une heure.

SCENE VI.

Le GEOLIER, Monsieur CASSANDRE & Madame CASSANDRE.

Madame Caſſandre en entrant fait plusieurs révérences au Geolier pour le remercier. Auſſi-tôt que M. Caſſandre apper-çoit ſa femme, il ſe précipite dans ſes bras.

Madame CASSANDRE, *avec le cri de la douleur.*

A H ! perfide !

CASSANDRE.

Ah ! ma femme !

Ils reſtent long-tems dans la même attitude. Cette ſituation attendrit le Geolier, qui reſte dans un coin du Théâtre ſans pouvoir retenir ſes larmes, puis Madame Caſſandre regarde autour d'elle avec terreur & reprend ainſi.

Madame CASSANDRE.

Ah ! Dieu ! Dans quel état,
Dans quels lieux êtes-vous !

CASSANDRE.

Je suis un scélérat
Indigne de vous voir, un monstre abominable....

Madame CASSANDRE.

Va, je t'aime toujours, infidèle & coupable...
Mais, au reste, je viens exprès vous avertir
Que Léandre est vivant, & quitte pour souffrir
Beaucoup de la colique, & que sa léthargie....

CASSANDRE.

(1) *Ah! s'il respire encor, je réponds de sa vie.*

Le GEOLIER.

Voyez qu'il est sorcier!

CASSANDRE.

Oh! je m'entends.

Le GEOLIER.

Tant mieux.

Madame CASSANDRE, *bas à Cassandre.*

On peut, en s'accordant, vous tirer de ces lieux.
Au Geolier, en lui prenant tendrement la main.
Ne nous refusez point la grace toute entiere.
Joignez une autre grace encore à la premiere.
Vite, ouvrez-lui la porte. En récompense aussi
A ce que j'ai donné, joignez encore ceci.

Elle lui donne sa tabatiere.

Le GEOLIER, *se serrant le ventre.*

Ouf!

Madame CASSANDRE.

Allez.

Le GEOLIER.

La colique!

Madame CASSANDRE.

Hélas! faites qu'il entre.

____

(1) Hirza ou les Illinois.

 Monſieur CASSANDRE,

Le GEOLIER, *en crachant à droite & à gauche.*

Je ne ſais ce que j'ai.

Madame CASSANDRE.

Courez donc.

Le GEOLIER.

Aih ! le ventre.

Madame CASSANDRE.

Cela ne ſera rien. Mais dépêchez vous donc.

CASSANDRE, *aſſez triſtement, le coude appuyé ſur ſa table.*

Oui, car le tems que j'ai ne ſera pas bien long.

Madame CASSANDRE, *tâchant de conſoler ſon mari.*

Oh ! nous vous tirerons d'affaire.

CASSANDRE, *tendrement, mais avec chagrin.*

Oh ! non ma mie,

Le GEOLIER, *en ſe traînant foiblement vers la porte, avec tous les ſignes d'un homme qui a la colique.*

Je n'eus jamais ſi mal au ventre de ma vie,
Ni de mes jours.

SCENE VII.

Monſieur CASSANDRE , Madame CASSANDRE.

Madame CASSANDRE.

Hélas ! mon cœur, conſolez-vous.

CASSANDRE, *pénétré de la plus grande triſteſſe.*

Ma femme !

Madame CASSANDRE.

Eh quoi ?

CASSANDRE.

Bientôt vous n'aurez plus d'époux,,,;

(1) *Vous saurez tout.. ma force... ah ! qu'elle se ranime....*
J'en eus... j'en eus... assez.... pour commettre le crime.
Madame CASSANDRE.

Je ne vous comprends pas.
CASSANDRE.

   Moi, je me comprends bien.
Madame CASSANDRE.

Je le répete encor, mon cœur, ne craignez rien.
Pour dissiper le trouble où votre ame s'obstine,
Léandre a des moyens. Ce qu'a dit Jacqueline
Dans le premier moment d'une aveugle douleur;
Il le défavouera: dira que par erreur,
Par mégarde lui-même a mis dans la taupette....
CASSANDRE.

Tous vos soins seront vains.
Madame CASSANDRE.

   Mais, quand je vous répéte....
CASSANDRE.

Peine perdue, hélas !
Madame CASSANDRE.

   Ecoutez jusqu'au bour.
CASSANDRE, *d'un air égaré.*

Non.. la mort.. oui la mort... c'est un terme... c'est tout....
Madame CASSANDRE.

Quoi! votre esprit toujours à m'allarmer s'attache!

---

(1) Mérinval.

SCENE VIII ET DERNIERE.

Le GEOLIER, LÉANDRE, JACQUELINE, Monsieur CASSANDRE, Madame CASSANDRE.

Le Geolier introduit en secret Léandre & Jacqueline qui lui font des remercimens en entrant. Jacqueline marche timidement, & reste derriere Léandre.

Le GEOLIER, *à Jacqueline & à Léandre.*

PRENEZ bien garde au moins que personne ne sache....

LÉANDRE.

Ne craignez rien.

CASSANDRE.

En appercevant son fils, fait un cri & quelques pas au-devant de lui.

Mon fils !!! & Jacqueline aussi !

En appercevant Jacqueline

Il tombe en défaillance sur sa chaise. Léandre se précipite dans ses bras. Le Geolier reste dans un coin en se serrant le ventre.

LÉANDRE, *avec l'effusion du cœur.*

Oui, mon Pere,.. c'est elle.. oui, mon Pere.. c'est lui.

Le GEOLIER, *à part, se plaignant de la colique.*

Ouf!

CASSANDRE, *se cachant avec horreur.*

Ah ! mon cher fils.

Le GEOLIER.

Aïh !

CASSANDRE.

Fuis ton coupable Pere.

Il tombe sur la table la tête sur ses deux mains , dans une
espece d'évanouissement.

LÉANDRE, *en s'essuyant le front.*

Voilà , je crois , du vin.. je vais en boire un verre ,
Car je suis tout en eau... j'ai tant mis de chaleur
A venir.

En buvant à la santé du Geolier.

Voulez-vous me permettre, Monsieur ?

Il boit tout de suite deux grands verres de vin avec l'avidité
d'un homme qui meurt de soif & de chaud.

CASSANDRE, *à part, levant douloureusement sa tête.*

Pour attenter sur lui , j'eus donc l'ame assez dure !!!
(1) La jalousie , hélas ! souffle sur la nature ,
Eteint le sentiment.

LÉANDRE, *à son Pere.*
Ma mere vous a dit

Que sur moi je prends tout , & qu'avant cette nuit
Vous sortirez d'ici.

Au Geolier qui fait des contorsions.
Qu'avez-vous ?

Le GEOLIER.
La colique.

LÉANDRE.
A son Pere.

Ah ! tant pis !... mais aussi que votre cœur se pique
De générosité ; je demande à vos pieds ,
Qu'aux doux nœuds qui nous ont avant-hier liés
Et Jacqueline & moi , vous vouliez bien souscrire.

CASSANDRE, *se levant brusquement de dessus sa chaise,*
& retombant tout de suite.

Ah ! grand dieu !.. mariés... tous deux... sans en rien dire !!!!

LÉANDRE.

Hélas ! oui.

---

(1) Cette idée charmante est encore du Spectateur.

CASSANDRE.

La fournoife!

Madame CASSANDRE.

Qui l'eut pû foupçonner?!!

Petit vaurien !

LÉANDRE.

Daignez tous deux me pardonner.

JACQUELINE , *en pleurant & en fe jettant aux pieds*
de Caffandre.

Mon beau-pere !

CASSANDRE, *les larmes aux yeux , en lui tendant*
les bras , & fur le champ en détournant
la vue.

Ma bru !,,, quel nom pour mon cœur tendre !
Etoit-ce celui-là.. que tu devois entendre ?

LÉANDRE.

Me pardonnerez-vous !

Son Pere ne lui répond pas.

Mon Pere.. euh ! quoi ?. comment.

CASSANDRE, *d'une voix expirante.*

Je te.. pardonne... tout.. dans cet.. affreux... moment.

LÉANDRE.

Quoi ! quel moment affreux ? vous fortirez d'affaire ,
Vous dis-je.

CASSANDRE, *laiffant couler fes bras.*

Non , mon fils.

LÉANDRE.

Eh ! mais , fi fait , mon Pere.

CASSANDRE.

Non , non , ce qui faillit te donner le trépas
Va me porter un coup qui ne manquera pas.

Ils obfervent tous quelques tems un filence ténébreux ,
en fe regardant avec une efpece d'effroi, enfuite Caffandre
reprend.

Tiens , vois cette bouteille.. elle eft empoifonnée...
Et j'en ai bu.   Tous

Tous les PERSONNAGES, *avec un cri d'horreur.*
Grand Dieu!!!!!!!!!!
CASSANDRE.
                    Telle est ma destinée.
        Le GÉOLIER.
Miséricorde !
            LÉANDRE.
        A moi.
CASSANDRE, *en serrant son cher fils dans ses bras.*
        Ce sont là, mon cher fils,
Les effets de l'amour & ceux du verd-de-gris.
    JACQUELINE, *en criant de toutes ses forces.*
A l'aide.
        Madame CASSANDRE.
            Criant à la porte de la chambre.
    Un Chirurgien.
LÉANDRE, *en voulant se détacher des bras de son Pere.*
        Vîte, un Apothicaire.
        JACQUELINE.
Au secours! au secours!
    LÉANDRE, *s'arrachant des bras de Cassandre.*
        Lâchez moi donc, mon Pere.
CASSANDRE *se leve précipitamment de dessus sa*
        chaise, & sa femme se jette dans ses bras.
(1) *La vie entre au cercueil... la mort fuit les tombeaux.*
        Madame CASSANDRE.
Pour l'état où je suis, juste ciel, quels assauts !
        CASSANDRE.
(2) *Un froid.. je sens.. le jour... a cessé de me luire...*
Ma femme... mon cher fils... que dans tes bras... j'expire...
Il tombe à terre, & il entraîne avec lui sa femme qui se

____

(1) Vers d'Argillan.
(2) Vers d'un Drame de M. d'Arnaud, je ne sçais lequel.
                                        E

*trouve malheureusement sous lui. L'effet de ce coup de Théâ-
tre dépend beaucoup de la maniere de le rendre.*

Madame CASSANDRE; *tombant avec son mari.*
Hai !..

Le GEOLIER, *faisant quelques pas vers la porte pour
l'ouvrir avec la clef.*

Je vais.. je me meurs..
Il tombe aussi sur Madame Cassandre.

Madame CASSANDRE, *en se débattant.*
Vous m'étouffez.

LÉANDRE, *appuyé sur les bras de sa femme.*
Adieu
Jacqueline.
Il tombe sur son pere, sur sa mere, & sur le Geolier.

JACQUELINE.
Quelqu'un.... eh vîte !.... au nom de Dieu....
Ah ! Léandre, sans toi je ne pourrai plus vivre.

Madame CASSANDRE, *d'une voix mourante.*
Hai !.... ouf !..

LÉANDRE, *en tendant la main à Jacqueline.*
Je n'en puis plus... hélas !..

JACQUELINE.
Je vais te suivre.

Madame CASSANDRE, *en rendant les derniers
soupirs.*
Mon mari , mon.. je meurs.

JACQUELINE, *en tirant un couteau de sa poche.*
Et ce petit couteau
Va m'unir avec toi dans le même tombeau.
Elle se frappe & tombe auprès de son mari.
Je n'en.. puis plus.. Léandre....

LÉANDRE.
Hélas ! tous deux victimes
Du plus grand des forfaits , & du plus grand des crimes....
Nous allons.....

JACQUELINE, *se tournant avec effort vers son mari.*
Il expire.. ah!.. j'en vais faire autant.
Le jour... la mort... la nuit... bientôt.... dans un instant.....

Elle meurt, & la toile se baisse.

FIN.